風の丘通信

SAWADA Alice　澤田ありす

文芸社

あなたに
　　届きますように

ここは風の通り道
明日も あさっても 風がふく
すべてをふっとばして 風がふく
ふっとばされて なあんにもない
東へ西へ 南へ北へ
今日も まあるい風がふく

ここは 風の丘 風の通り道

ことばの向こうに 風景が見える
鳥瞰的に広がりゆく世界は
わたしを冒険へと誘う

ことばの向こうに 一筋の光が見える
その光を真上に見上げてみたいと 思う

気がつけば 空は高く すじ雲流る
金木犀の微香を携えた風が 目の前を横切る

ああ こんなにも長い歳月を重ねてしまっていたのか

再生

そうだ、ご飯を 2合炊こう

ひこうき雲を追う

見上げた空がきらりと光り
ジェットの後ろの白雲が　彼方の青に溶け込んでいく

首の痛さを代償に　白雲が生まれる瞬間を目撃する喜び

ひたすらに　空が恋しい

　　　地球一周歩いたら
　　　いったい　どれだけの時間がかかるのだろう
　　　とてつもなく大きい星であることを実感するのだろう、きっと

　　　宇宙の窓から覗いたら
　　　地球が小さな青い星であることがわかるのだろう、たぶん

　　　　　　雲流るる果てに住むという
　　　　　　ワタリガラスに会いにいこう
　　　　　　羽音と風音のあいまに聞こえてくるという
　　　　　　賢者の声を聞くために

　　　　　　雲流るる果ての
　　　　　　空のかなたへ　いこう

赤い道が続いている
前へ前へと進んでいく
どこへ向かっているのだろう

知っている

テールランプが灯る頃
踏み込むアクセル　一踏みの決断

幸いへの道

　　　　　よろこびのむこうに　人がいる

　　　　　かなしみのむこうに　人がいる

　　　　　いきどおりのむこうに　人がいる

　　　　　希望のむこうに　人がいる

　　　　　人のむこうに　人がいる

ただ　真心からのことばが
ひとつ　ほしいだけ
ほかに　ほしいものなんぞ　ない
世界は　こんなにも　ことばに満ちみちて
雄弁が　闊歩しているというのに
ほしいものは　手にはいらない
雄弁のなかの　すさまじき孤独

　　　　　　ことばを辿っていけば
　　　　　　あなたを見つけられるかもしれない
　　　　　　ことばの手がかりだけを残して
　　　　　　６年前にあなたは行ってしまった

　　　　　　さがしている
　　　　　　あなたをさがしている

　　　　　　でも見つからない、まだ

　　真珠の時間(とき)　と　きみは言う

　　夕陽の黄金と夜の帳の薄墨の間の　一瞬のすきま

　　どの色も届かない真珠色の静寂を　きみは愛す

11年前の輝きを
そのまま残したその場所は
わたしを過去へと連れていく
過ぎ去った日々が輝いていたわけではない
過ぎ去った日々を懐かしんでいるわけでもない
ただ　あなたがいた時間を思い出している

　　　　　　ボイスレコーダーに残された言葉を拾いあつめる
　　　　　　ひとこと　また一言
　　　　　　粉砕された片隅のかけらも拾う

　　　　　　あなたが見えてきた
　　　　　　なあんだ　こんな所にいたんだ

　　　　　　さがしたよ

　　　　　　　　　　　あなたのスーツと
　　　　　　　　　　　わたしのスーツを
　　　　　　　　　　　交互にかさねて
　　　　　　　　　　　ふくろにつめる

　　　　　　　　　　　さみしがりやの
　　　　　　　　　　　あなたのために
　　　　　　　　　　　スーツもさいごまで
　　　　　　　　　　　あなたといっしょ

あなたがいた時間(とき)を
とおくに　かんじる日
ふいてくる　ひと風
だいじょうぶ　わすれないよ
ただ　ふりかえらないだけ

　　　　　あなたのことを　語りたい
　　　　　冬至の前に
　　　　　木枯らし　ふく前に
　　　　　ホットワインで
　　　　　こころ　あたためながら
　　　　　あなたのことを　語りたい

　　　　　　　きみが歩かなかった道を
　　　　　　　歩いてゆく
　　　　　　　きみが知らない風景のなかを
　　　　　　　歩いてゆく
　　　　　　　きみが歩けなかった道を
　　　　　　　きょうも　ゆく

にしのくにで　きみをおもい
ひがしのくにで　きみをおもい
みなみのくにで　きみをおもい
きたのくにで　きみをおもい
わたしは　あるきつづける

枯葉の上にひざまずいていては
自由にはなれない
茶色を蹴散らして
宙を舞う枯葉がうたう祝福のうたを
己が背中で聞け

走れ

あなたがここにいなくても
世界は止まることなく続いていく
と　モズは語る

ここにいる価値を
なんとか見つけようとしているのに
モズの声は甲高く鋭い
はやにえが寒風にゆれ
獲物を刺すモズの眼は一層鋭い

坂の上だけを見て
上っていこうとしている彼らの
魂の炎を消そうとするな

己より下の坂道に留めることだけを
究極の目的とする輩の
鎖を断ち切れ

aho なリーダーが国をつぶす
と　だれかが宣っている　なるほど
でも　ちがうんだ
aho な民がつぶすんだよ　おそらく

魂は慟哭する

何人も　我が魂を支配することはできない

たとえ、すべてを蹂躙され　支配されたとしても

魂だけは　渡さない

我が魂の支配者は　唯一　我である

蒼白き炎に似た　それが
ふつふつと　わきあがってくる
それは　ほとばしりでて
すべてが　蒼をおびる

蒼は
ついには　マグマの火色となり
憤怒の大河を　生みだしていく
その河に　かける橋はないのか

　　　　　　　言葉が行進していく
　　　　　　　一糸乱れず
　　　　　　　隊列組んで
　　　　　　　いったいどこに行こうとしているのか
　　　　　　　ひびきわたる言葉むなしく
　　　　　　　その侵攻に抵抗するすべなし

　　　　　　　血をあびることなしに
　　　　　　　生き残ることはできない
　　　　　　　わかっているはず
　　　　　　　わかっているはずだ
　　　　　　　なぜ　そんなに怯えるのか
　　　　　　　原始本能は問う

　　　　　　　わかっている
　　　　　　　わかっている
　　　　　　　わかっているよ

また　あの歌がきこえてくる
重厚なる響きは足もとをゆさぶり
そのメロディーは魂をもゆさぶる
すべなくハーメルンの笛吹きの姿を追う

とどまらなければ

　　　　　たえろ
　　　　　たえるんだ
　　　　　わかっているけれど
　　　　　ほとばしる血汐はとまらない
　　　　　このまま　おわりをむかえるのか
　　　　　いや、
　　　　　風は、やむ

　　　　　　　　　　子分には　なりたくないから
　　　　　　　　　　親分にも　ならないんだ　と
　　　　　　　　　　うそぶいて　きたけれど
　　　　　　　　　　ほんとはね、
　　　　　　　　　　親分になる　度胸も　度量も
　　　　　　　　　　もっちゃ　いないんだ
　　　　　　　　　　それからね、
　　　　　　　　　　声高に叫ぶ人の　あとには
　　　　　　　　　　ついてはいかない　ことに　してるんだ
　　　　　　　　　　かならずね、
　　　　　　　　　　さいごにはとんずら　するから

ドラが　なりひびき
ラッパの音　われを　おす
どこに　おしだされていくのか
足をふみだそうとする　われを
大地は　けんめいに　ひっぱる
いくな

　　　　　　　　　　止まった空気が嫌いな私は
　　　　　　　　　　窓開けオババ　と呼ばれている
　　　　　　　　　　オババ　上等だ

さようなら
さようなら
さようなら

木霊ですか　これは
にじむ景色は
止まろうとしている時間(とき)のせいなのですか

わたしには　わかっているんです
さようなら　ではない
さようなら　さようなら　でもない

さようなら　さようなら　さようなら

三言の惜別

太陽は動かないのですか
いや　そんなはずはない

北極星は動かないのですか
いや　そんなはずはない

あの山は動かないのですか
いや　そんなはずはない

あの人の心は動かないのですか

動かない

　　　　　　そんな料簡の狭い神さんでどうするねん
　　　　　　と　説教したら
　　　　　　天界も地界も　炎上するんやろな

　　　　　　　　神さん、どうかよろしゅうお願いします
　　　　　　　　と　手を合わせてくる
　　　　　　　　また来たな、ほんまに勝手なヤツやで
　　　　　　　　頼みごとだけしにくる信者でどうするねん
　　　　　　　　と　言ったら
　　　　　　　　そんな料簡の狭い神さんでどうするねん
　　　　　　　　と　また、言い返してくるんやろな

90年前に吹いていた風を感じる
こんなふうに風は吹き
みんな　流されていったのか

なんにも残っていない大地のすぐ下から
いのち誕生の音がきこえる

小鳥のさえずりとともに　クールな風がやってきた
吹き上げ　吹き上げ　フフフと笑う

そんなきみ　好きだな

服を一着捨てる
小さな黄色いしみがついた服を
ていねいに畳んで袋に入れる
あの日　あなたの言葉にたじろいで
つけてしまったカレーうどんのしみ２つ

お気に入りの一着を捨てる
お気に入りのあなたも一緒に入れる

頭上で爆音が聞こえる
あれに乗れたら
ここから脱出できるかもしれない
左手をのばしてみる　右手ものばしてみる
届くわけがない

雲ひとつなき秋の一日
余音が青に吸い込まれていく

かさこそ音の落ち葉の下で
まるく眠っているのは　マルムシ
羽毛布団の下でまるまっているのは　だれかさん
だれかさんは春夏秋冬たらふく食べて
バッチリ目を開けている

ちょっとだけ未来に行けていたら
あなたを守れたかもしれない
一瞬間遅れたために失ってしまった
運命という現実

ここ掘れワンワン　と
愛犬は騒ぐのだけれど
掘っても掘っても見つからない
黄金も愛も水脈も

出船の汽笛が聞こえてくる
行ってしまう
行ってしまう
一瞬の逡巡で出遅れ
そのまま金縛り

黄に魅せられて
また　黄を紡ぐ

ヒマワリの黄
フォルクスワーゲンビートルの黄
イチョウの黄

倒された鹿が流す黄なる涙に似た
黄色の狂気

突き出された諸刃の刃(やいば)を
辛うじてかわす
純真な瞳をもつきみが振るう刃は
百戦錬磨の強者にも勝る
きみと相討ちしたくなくて

逃げる

      宇宙を吸い込んでしまった
      ノーミソの中は大宇宙
      もう　地球は見えない
      ましてや　きみの憤りなんて全く見えない

      Sorry

            一瞬の隙を突かれ
            カミソリのような言葉に斬られる
            いたむ傷を掌でおさえながら　走る
            逃がすものか

凪の海を横目で見ながら
睡魔とたたかう
潮騒が子守唄をうたいはじめたので
わが方は断然不利となる
ときおり援軍の風が吹くのだけれど
南風だから頼りにならない
頼みの綱のトンビは上昇気流にのっていってしまったから
本日は不在

こんな日はすべてを忘れてしまう
生きていることすら忘れてしまう

     生きては帰りくるべし
     生きのびることができたなら
     必ずやあなたのもとに帰ろう

     死しては永遠に思うことはなし
     ただ　ひと風となり
     あなたにやすらぎをおくろう

どんなに引きとめても
行ってしまうことはわかっている
渾身の力をふりしぼり引っぱってはいるが
あと数センチではなれてしまう
30度首をかたむけ
5度だけ目玉をうごかす
そして、きみはドアを開ける

行きて帰らぬことを了解す

　　　　　酔っぱらう
　　　　　静かなる北風が頬のほてりを鎮めてくれる
　　　　　6％のアルコールより心地よいふらつき加減
　　　　　ふらりふらりと風とたわむれる

　　　　　酔っぱらっている
　　　　　酔っぱらっている
　　　　　今　あなたの言葉に

守り人　求ム
と　求人広告を出す
魂胆を見透かされているのかいないのか
1年と3日たったけれど
未だ応募者は現れない

天を仰ぐ
天は
自分で守れよ　と宣う

それもそうだ

あなたにお会いすると　心が凪ぐのです
凪人のあなたと　時化人のわたし
ちょうど真逆の位置関係となりますが
七夕を待つ織姫と彦星の関係だけは
どうか　ご勘弁ください

行きて帰らぬこの道を
ゆっくり味わいながら
歩いていきたいのだが
そうもいかないようである

昨今、内なるものとの生存競争
外なるものとの生存競争が熾烈をきわめ
少々へばってしまっている

それも一興
深い味わいのひとつとして
堪能するのがよいのだろう

冬枯れ広がるシアンの空の下
そっと石を持ちあげる
いたいた
まあるくなったマルムシと
のびているミミズに　ゲジゲジムシ
きみたちは　ほんとうに期待を裏切らないんだね
絶対にそこにいる

冷たい満月が輝く夜
きみと袂をわかつ

再び相まみえる日は来ないことを
互いが知っている
哀しみは夜の闇にのみこまれ
消えていく

いつか、また
と　きみは言う
じゃあ、また
と　手をあげる

　　　　　　　雑踏の中を隠れがにする
　　　　　　　だれにも気づかれないように色を消し
　　　　　　　透きとおっている人になる
　　　　　　　刺さった刃から流れでる赤色も消して
　　　　　　　傷が癒えるまでここにいる

　　　　　　　　旋律が魂をゆさぶる
　　　　　　　　詞が魂にくいこむ
　　　　　　　　歌声が魂にしみいる
　　　　　　　　その歌海に沈みそうになる自分を　とめる
　　　　　　　　泳いで　泳いで　泳いで　歌海からあがる

　　　　　　　　わたしは　わたしの歌をうたおう

咲きはじめたロウバイに
白い雪が降りつもる
黄の狂気は白におおわれ
甘い香りも時をとめる
氷河にかくれたウイルスのように
狂気も雪にかくれている

雪あかりに見えるのは
透けた黄色の狂気

何様　ねこ様　あなた様
何様　かみ様　おまえ様
貴様に　おれ様　ご愁傷様
さまさま　さまざま　さまの歌
聞こえてくれば　春近し

とおい目をした少年の
傍らにそっとすわる
10億光年かなたの歌を
きいているきみの瞳は
とてつもなく　とおい

わたしは
ここにいるよ

群れなすカラスが飛ぶ下を
いつものカラスが歩いてる
飛べばいいのに歩いてる

群れなすカラスが飛ぶときは
いつものカラスは
足音ひとつたてずに歩く
静かに　静かに　そっと歩く
カラスの気配を全く消して歩いていく

こんな時に
あんなことを
言える人を尊敬す
批判も炎上もなんのその

こんな時に
あんなことを
あんなふうに
言い切ってみたいものだ

田んぼにくちばし突っこんで
オオヒシクイは　今日もついばむ

はるかなるカムチャツカを感じるために
ときおり顔を北方にむけ

かれらには　国も国境もなし
ただ命をつなぐため
母なるこの星を旅す

ふくらみはじめた白梅の
花芽をみつけて　にんまりす
うれしくて　うれしくて
深呼吸を　8回したら
野バトが1羽
グホホホ　ググググ　と　うめきだす
まて　まて　まてよ
空気を独り占めしてしまったか
あわてて肺から気体を出すが
野バトはそのまま目をまわす

ありがたいことに
こうして元気にくらしています
大口あけて笑っています
ごはんもおいしく食べています

あなたのことも
ちゃあんと憶えていますから
忘れてしまうときが来たとしても
まあまあまあ　と　苦笑いしてください

ありがたいことに
きょうも青空　にほん晴れ
冬の空が微笑みかける

　　　　　　　むじゃきな瞳のその奥に
　　　　　　　きみのかなしみ見えかくれ
　　　　　　　しかたないんだ　生まれたからにゃあ
　　　　　　　切ってはらって　逃げのびろ

時は　しんしん降りつもり
頭のてっぺんまで　時まみれ
時は　ときおり冷たくて
体のしんまで　凍らせる
しかたないから　ひたすらに
サニーサイドをさがすのさ
紫外線なんてなんのその
太陽に　あっためられて
ごくらく　ごくらく

あなたのとなりで
おなじ空気をすい
おなじ香りを感じていたい
梅の香、水仙の香、春の気配

わたり鳥が北へ旅立ち
春がやってきても
呼吸するように
あなたを愛していたい

ちょっと先の未来は語れるが
ずうっと先の未来は語れない
ましてや　22世紀なんて

けれど、
その世紀を　歩いてみたいものだ

高揚するこころに　落としあなあり
アドレナリン過多に　あやうさあり

月の光に　ひやされて
銃口の閃光が　きえる

こころ　もどる

　　　　　　横に眠る　その人は
　　　　　　知っているが　知らぬ人
　　　　　　これから先も　ずうっと　知らぬ人
　　　　　　　　　　　　．

　　　　　　　　　　切手をはった小さな手紙は
　　　　　　　　　　汽車にのせられて運ばれていった

　　　　　　　　　　あの手紙は　もう届いたのだろうか
　　　　　　　　　　あなたは　もう手にしたのだろうか

　　　　　　　　　　いく日ものゝち
　　　　　　　　　　一通の手紙をポストの中にみつける

　　　　　　　　　　こころ　とどきました
　　　　　　　　　　たしかに　とどきました

　　　　　　　　　　すこし　ふるえる

偏西風にのって　やってきた
黄砂につかまり、ざらり
ざらり　ざらりと　ゴビ砂漠
ざらり　ざらりと　タクラマカン
砂の空歌　聴こうじゃないか
たったひとつの
地球の空歌　聴こうじゃないか

　　　　　その時は　必死必死で無我夢中
　　　　　だから　いつも　後づけ理由
　　　　　なんとなくやってしまった　あのことも
　　　　　しかたなくやってしまった　あのことも
　　　　　後づけ理由で　安心　安全　ご満悦

　　　　　あっというまに過ぎていく
　　　　　時の道の　道しるべ
　　　　　後づけ理由という名の　道しるべ
　　　　　歴史は　道しるべに満ち満ちている

空と海
江の島と富士
風景の中に白帆走る

重なり合う白い三角
太平洋のうねり
南風
水平線

気がつけば
ずいぶん遠くへきたものだ

あの頃の輝きは
未だ我の中にあるのだろうか

遠雷がきこえる
遠雷がきこえる

夏でもないのに
夏でもないのに

雨のカーテンが近づいてきた
雨のカーテンが近づいてきた

恵みの雨であることを　願って
恵みの雨であることを　切に願って

ひきとめたくて
にぎりしめたシャツのすそを
そっとはなす

うららかなる春のいちじつ
ながれゆく風景を
ひとり　ながむ

　　　　　むらさき色のガーベラを手にとる
　　　　　むらさきは心にとけて
　　　　　希望という名の風が吹きはじめる

　　　　　もしも、濁流にのみこまれることなく
　　　　　むこう岸にわたれたなら
　　　　　あなたにむらさき色のガーベラをおくろう

　　　　　たえて久しいスズメの声
　　　　　スズメのおしゃべり懐かしむ
　　　　　かわりに野太いカラスの声
　　　　　テナーとバスでうたってる

　　　　　黒い瞳と目があって
　　　　　ちいさな声でいってみる
　　　　　ソプラノ、アルトをつれてきな
　　　　　四重唱もいいもんだ

風はくる
必ずくる
と　友にいう
友は　かすかにうなずくが、
前かがみのまま　動かなくなる

それから
干支は　ひとめぐり
また　夏がくる前に
友が　石になる前に
風よ　こい

あれから月日がながれ
風薫る季節をいくたびもむかえた
星影やどるきみの瞳をみつめて
今も言いたい言葉がある

I still love you.

わが指を　小さき指でにぎりしめ
無心に眠る　みどり児よ
きみが見る　未来の空は
晴れているのだろうか
きみがたどる　長い旅路の空は
晴れているのだろうか

その川を渡るなかれ
と　きみはしずかに言う
それでも　その川を渡る
もう　サイは投げられている

　　　　　　　　夏風ふく朝、
　　　　　　　　ゆりかご揺れる　木を見あげる

　　　　　　　　そうか、きみは
　　　　　　　　もう　いってしまったんだ

夏空まぶしきその下で
ふきだす汗がながれこむ
口の中に海ひろがり
太古の記憶がよみがえる

　　　　　　　　それは、ジャズの調べににた　孤独
　　　　　　　　いつのまにやら　五感からはいりこみ
　　　　　　　　こころをひっかく

　　　　　　　　われ　しかたなく
　　　　　　　　荒野で風の咆哮をきく

パリのアパルトマンも
ギゼーのスフィンクスも
アンドロメダにむかう宇宙船も
いらない

ましてや　タイムマシン　なんて

100万年の孤独のなかに
ひそむことができれば
それで　いい

　　　　　ことばに頬をひとなでされて
　　　　　アドレナリンがたぎりたつ

　　　　　そうか、きみは
　　　　　そんなことばも　もっていたのか
　　　　　不覚にもせめこまれ、劣勢

　　　　　　　　さすらい人の子守唄をききながら
　　　　　　　　今宵の宿にチェックイン
　　　　　　　　ことばをつめこんだ革のかばんは
　　　　　　　　ずっしりと重く
　　　　　　　　スーツケースをころがしていく人を
　　　　　　　　横目でみる

　　　　　　　　帰ろう　か
　　　　　　　　いや　まだ帰れない

５階の窓からなげられたスマホは
形をとどめることなく
コンクリートの上に　ちらばっている

なげられた心　は
接地することなく　ただよっている
風にふきとばされるまで　ただよっている
なごりおしそうに

　　　　　　　　　きみは
　　　　　　　　　宇宙からやってきた
　　　　　　　　　星のひとかけら

　　　　　　　　　われも
　　　　　　　　　宇宙からやってきた
　　　　　　　　　星のひとかけら

　　　　　　　　　われら
　　　　　　　　　べつべつの星からやってきたんだね
　　　　　　　　　どうりで
　　　　　　　　　ちょっとちがうって思ったよ

あまりにすっぱり切られたので
心になんにものこらない

うらみ節も
つらみ節も
でてこない

そのうえ、
切りくちにみとれて
ことばもでない

まことにあっぱれ
天晴るる

広漠たる大草原に
たおれふしたるもの

白き雪はふりつもり
ヒトがたは
やがて　雪平原にかわりぬ

そこに
いのちあるもの　みあたらず

とおく　はなれているけれど
地つづきだから
あんしんしてる

ふねも　いらないし
ひこうきも　いらない
ロケットも　いらない

いつか
あなたのところまで
歩いていくつもり

なにを期待されて
疾風(はやて)と名づけられたのか
ぼくには、わからない
逃げるときは、疾風の如し
と、いつも揶揄されるけれど
でもね、なんとか逃げ切って
ぼくは、ここにいるよ

アホウドリのように飛びたつには
長い助走が必要だから
ぼくは、いつも翼を広げて
スタンバイしているよ
広げたままでいるのは
ちょっと疲れるんだけどね
でも、
大空は、いつもぼくを呼ぶんだ

海のむこうの気配におびえ
内憂にもけずられる

臆病と
ほんのすこしの勇敢を
盾にして生きのびる

夜の草むらに
夏のなごりを追いだした
こおろぎ鳴く

しまいこんでいた
アイロンをとりだし
シャツのしわをのばしていると
なぜか　心のしわものばされて
もうすぐ　新品同様

窓わくの中の空を
みぎから　ひだりへと
ヘリが一機とぶ
そのすがたは3秒できえ
音だけがのこっている

ヘリがいない小さな空の
流るるイワシ雲を
ひとり　ながむ

きみの瞳の中に入りたくて
全速力で走っているけれど
きみはあまりに速すぎて
追いつけやしない

きみもまた　だれかを
全速力で追いかけている
かもしれないね

そんなきみ
やっぱり好きだな

ついに、
きみは顔をあげた

きみの眼は
エネルギーに満ち満ちて
鋭い光を放っている

一日千秋の思いで待ち続けた
きみの復活を　ここに祝す

そのぬくもりの中に
ほんのすこし
いさせてください
マツムシ鳴く夜は
ひと肌のぬくもりの中に
いたいんです

とおい国から便りがとどく
あたたかな　ぬくもりをおびた
群青色の文字を　深くすいこむと
なみだ　ながれる
なみだ　とめどもなくながれる

なんとかなる　それが人生
と　きみは　のたまう
きみが　そういうのなら
と　おもわせるところが
きみの　すごいところ

生きにくいから
文字をつづっているんだと
ポツンとつぶやく　きみ

生きにくいから
音楽をやっているんだと
無言でかえす

きみと　はじめて目を合わせた日

被害者ぶってばかりの　きみが
だんだんバケモノにみえてきた

われがバケモノなのか
きみがバケモノなのか
もう　わからなくなった

神無月の夜空に
満月と木星　かがやく

リプレイできないと
わかっているけれど、
リンドウ色のリプレイボタンを
ノートにかいて、おしてみる

歳月にけずられて
いつしかまわるようになった
くすり指のリング

念じては　くるり
また念じては　くるり

まわした回数をわすれたころ
手をふりあげたら
リングはとんで　海におちた

リング、海にかえる
われ、我にかえる

あかつきの光のなかに
黄いろい狂気をまぜこんで
かろうじて　ふみとどまる

郵便はがき

料金受取人払郵便

新宿局承認

2524

差出有効期間
2025年3月
31日まで
(切手不要)

160-8791

141

東京都新宿区新宿1－10－1
㈱文芸社
　　　愛読者カード係 行

ふりがな お名前				明治　大正 昭和　平成	年生　歳
ふりがな ご住所	□□□-□□□□				性別 男・女
お電話 番　号	(書籍ご注文の際に必要です)		ご職業		
E-mail					
ご購読雑誌(複数可)				ご購読新聞	新聞

最近読んでおもしろかった本や今後、とりあげてほしいテーマをお教えください。

ご自分の研究成果や経験、お考え等を出版してみたいというお気持ちはありますか。

ある　　　ない　　　内容・テーマ(　　　　　　　　　　　　　　　　　　　　　)

現在完成した作品をお持ちですか。

ある　　　ない　　　ジャンル・原稿量(　　　　　　　　　　　　　　　　　　　　)

書 名							
お買上 書 店	都道 府県	市区 郡	書店名				書店
			ご購入日	年		月	日

本書をどこでお知りになりましたか?
1. 書店店頭　2. 知人にすすめられて　3. インターネット(サイト名　　　　　　)
4. DMハガキ　5. 広告、記事を見て(新聞、雑誌名　　　　　　　　　　　　　)

上の質問に関連して、ご購入の決め手となったのは?
1. タイトル　2. 著者　3. 内容　4. カバーデザイン　5. 帯
その他ご自由にお書きください。
(　　　　　　　　　　　　　　　　　　　　　　　　　　　　　　　　　)

本書についてのご意見、ご感想をお聞かせください。
①内容について

---

②カバー、タイトル、帯について

弊社Webサイトからもご意見、ご感想をお寄せいただけます。

ご協力ありがとうございました。
※お寄せいただいたご意見、ご感想は新聞広告等で匿名にて使わせていただくことがあります。
※お客様の個人情報は、小社からの連絡のみに使用します。社外に提供することは一切ありません。

■書籍のご注文は、お近くの書店または、ブックサービス(0120-29-9625)、
セブンネットショッピング(http://7net.omni7.jp/)にお申し込み下さい。

ウソはだめよ　といわれてきたが
ちいさなウソも　いいもんだ

ウソから生まれた　しあわせが
しあわせ花をさかせている

そんな　ひろおい野原のなかで
ねっころがって
オリオン座をながめていると
やっぱり　そうおもうんだ

　　　　　　　海峡の風強し

　　　　　　この海の先に
　　　　　　あなたがいる

　　　　　　心おだやかに
　　　　　　そのむこうの
　　　　　　あなたを想う

　　　　　　あなたを強く想う

　　　　　　カモメとぶ海峡で
　　　　　　あなたを想う

空の果てまで
まっすぐにつづく道
このまま東へ
ちょくせんで歩いたとて
ふるさとは、あまりにとおい

にんげんの味をかみしめる
いい味だしているね、きみ
うま味もかすかに感じられ
なんともいえず、いいんだ

くたびれはてているのに
お腹はちゃあんとすいてきて
ごそごそ　さがしまわる
たべられるものがあって
たべることができる　しあわせ
これが　わたしの
しあわせの原点

きみの吹き矢は、百発百中
決してはずすことはない
その上、ちいさな心のど真ん中に
命中するのだから
もだえて気絶するしかない

　　　　　　　かの地にも
　　　　　　　雪ふりつもり静けさます
　　　　　　　ときおり響くとおい音は
　　　　　　　地鳴りにもにる
　　　　　　　命あるものは息をひそめ
　　　　　　　白き寒さをまとう

　　　　　　　　　たましいをノックしてきたのは
　　　　　　　　　時代おくれのメッセージ
　　　　　　　　　ノック　ノック　ノック
　　　　　　　　　鉄人はかぶとをぬぎ
　　　　　　　　　Yes　と答える

にほん晴れの空より
すこし透明なる青
トルコブルーの空より
すこし混濁したる青
その青にすいこまれて
いつしか
宇宙のかけらとなる

世界が終わる日
あなたは、
いっしょに最期をむかえよう　という
わたしは、
それでも　いっしょに生きのびよう　という

わかれの　はじまり

きみのゆめに　もぐりこみ
ふんわりふわふわ　ただよいながら
おんなじゆめをみる
きみは　ぼくにきがついて
くしゃみ　ひとつ
500億光年先にふっとばされて
かえるすべなし

どんどん道はできてゆき
タヌキもムクドリも
おひっこし
地にもぐり
100万年先を
夢みているのは、だれ

　　　　包囲網をはったが
　　　　まんまと　にげられてしまった
　　　　と　おもっていたら
　　　　きみの包囲網に
　　　　みごとに　かかってしまっていた
　　　　まあ、それも　いいか

　　　　　　　　砂のささやき　ききたくて
　　　　　　　　ラクダにのって　やってきた
　　　　　　　　流砂に　ひきずりこまれる寸前で
　　　　　　　　ラクダにぐいっと　ひっぱられ
　　　　　　　　おっとっとっと　たすかった
　　　　　　　　感謝感激　雨あられ
　　　　　　　　涼しい顔して　また　歩きだす
　　　　　　　　ラクダもいっしょに　歩きだす

きみは、ネコ型にんげんだと
よくいわれるが
ぜったいにちがうと
おもっている
ネコのようにまあるくなって
金魚鉢のなかで
ねむることはできないんだ
骨がボキボキおれちゃうからね

　　　くすくす　くすくす　わらい声
　　　ふりかえっても　だあれもいない
　　　ノートの上で　文字はねてる
　　　大口あけて　文字わらう
　　　のどちんこみせて　文字わらう
　　　みてしまったがさいご
　　　われも　わらう

　　　　　　太平洋　波たかく
　　　　　　風　咆哮するなか
　　　　　　ティラー　にぎる
　　　　　　シート　ひく腕
　　　　　　限界　こえ
　　　　　　沈(ちん)、目前
　　　　　　はるかかなた
　　　　　　さくら咲く陸　見ゆ

なにもせず空論にふけるだけの
きみとぼく、似たもの同士
ことばは過激度を増しつづけてゆくが
われらの海は、べた凪
ある朝焼けの日、気がついた
空論に希望なし
ぼくは、この海を去るつもりだ
きみを残してゆくが
もう　もどらないとおもう

　　　　　　　真新しいイ草の匂いにひきとめられ、すわる
　　　　　　　封印していた郷愁がにじみでてきて、沁みる
　　　　　　　ひりひりした孤独感のなか
　　　　　　　なみだのみ、落つる

　　　　　　　　　　　くちぶえ　ふきふき　さばくをあるく
　　　　　　　　　　　フォックス　ねずみに　ふんころがし
　　　　　　　　　　　いっしょに　足あと　つけようよ
　　　　　　　　　　　ちいさな足あと　つけながら
　　　　　　　　　　　われは　ゆくゆく　さばくのなかを
　　　　　　　　　　　そのうち　われは　ひからびて
　　　　　　　　　　　田んぼの長ぐつ　のこるんだろ

みんな　みんな　いなくなり
こころ　深海にしずみゆく
そこへ　春告げ鳥　やってきて
のんきな声で　うたいだす
あまりに稚拙な　そのうたごえ
おや　おや　おやと
こころ　浮上す

　　　　　　きみは
　　　　　　かなたの宇宙より
　　　　　　モアッサナイトをたずさえて
　　　　　　やってきた
　　　　　　ぼくは　きみに
　　　　　　サハラの砂を　おくるつもりだ
　　　　　　オレンジの砂を
　　　　　　どうか、うけとってくれ
　　　　　　1億年の時間(とき)を　きざむという
　　　　　　砂どけいに　つかってくれ

道しるべ　なく
あかりも　なく
ぐるぐる　まわっている　気がしている
恐怖は　じわじわ　おしよせてきて
しずむまいと　ひっしに　顔をあげる
ミルキーウェイが　みえた
ぐるりと　頭をまわすと
ポラリスが　みえた
ここから　ぬけだせる　かもしれない

　　　　　ひたひた　ひたひたと　おいかけてくる
　　　　　にげて　にげて　にげている
　　　　　昨今　そのにげ足　おそくなる
　　　　　が、まだ　おいつかれてはいない
　　　　　さつき波たつころには
　　　　　ゆっくり　ゆるゆると　あるきたい
　　　　　が、だめだ
　　　　　時間(とき)につかまったら
　　　　　おしまいだ

　　　　　　　　　丑三つ時の　暗闇で
　　　　　　　　　妄想　しだいに　ふくらみて
　　　　　　　　　たましい　もだえて　息たえだえ
　　　　　　　　　あけぼの色の　光のなか
　　　　　　　　　たましい　浄化されてゆき
　　　　　　　　　やっとこさ　帰還す

なにやら　おもい
背後霊に　しがみつかれたか
下をみると
ちびすけが
ひっしに　しがみついている
なみだ目が　うったえかける
卯月のわかれ
さくら　ちりゆく

お空にうかぶ　おいしそうな雲を
みあげながら　あるいていたら
穴におっこちた
目のはしに
にげてく　ちびすけが　みえる
あいつめ
きょうは、わたしの負け

八十八まで　ふうふ　で　いたら
どんな　ふうふ　に　なっていたんだろ
見果てぬ　ゆめを　みる　皐月のおわり

なげる球は　いつもストレート
カーブも　シュートも　なげられない
ましてや　ナックルなんて
せいぜい　はやいか　おそいか
あなたまで
とどくか　とどかないか　も　わからない
やれやれ
まあ　いいか
風薫る　五月だし

　　　　　　　　　また　いちりん　バラがさき
　　　　　　　　　こころに　あかり　ともるよう
　　　　　　　　　また　いちびょう　生きのびて

　　　　風がまとわりついて　はなれない
　　　　そのうえ　耳もとでささやきかけるから
　　　　くすぐったくて　たまらない
　　　　かぜ　ささやき
　　　　かぜ　ささやき
　　　　ずうっと　ささやきつづけている
　　　　わかったよ
　　　　わかったから
　　　　もう　あっちにいってよ
　　　　薫風とたわむれる　ごご

ぽつんと　すわる　きみに
かけることば　みつからず
しかたなく
おんなじ　くうきを　すう

　　　　　みなれた　まあるい　ちいさな字が
　　　　　ぎっしり　かかれた　たよりが　とどく
　　　　　まちこがれた　たよりが　とどく
　　　　　とおい　くにで　雨にでも　ぬれたのだろうか
　　　　　青いインクが　すこし　にじんでいる
　　　　　たなごころで　にぎりしめながら　おもう
　　　　　なにより
　　　　　あなたが　げんきでいて　よかった

　　　　　　　　　アスファルトのうえを　あるく
　　　　　　　　　業火のうえを　あるくがごとし
　　　　　　　　　あつい
　　　　　　　　　たまらず　つま先で　はしる
　　　　　　　　　はしる　はしる　はしる
　　　　　　　　　クツをはけば　いいものを

どんなに　ふりはらっても
けっして　はなしてくれない
梅雨季の　湿気のように
じっとりと　肌にまとわりつき
むしばむ
風は、まだか

　　　　雪は　いつ　やむ
　　　　と　きく　きみに
　　　　もうすぐ
　　　　と　こたえる
　　　　水無月　六月
　　　　されど　雪　ふりやまず
　　　　いちめん　白のまま

　　　　　　　　あめが　空からふるように
　　　　　　　　きみのことば　ふってくる
　　　　　　　　あんまり　きもちよくってさ
　　　　　　　　すっかり　ずぶぬれ　びしょびしょだ
　　　　　　　　きみという　あま雲おいかけ
　　　　　　　　われは　いまも　青春のとき

きみが　水底のうたを　きくまえに
あじさいの花を　いちりん
にぎりしめ　走ろう
いのちの水を　たっぷり　すった
青をにぎり　走ろう
きっと　まにあう

うまれは
と　きいたら
20世紀
と　きみは　こたえた
ぼくの　うまれは
21世紀
世紀をまたいだ恋　はじめます
きみは　ぼくの　二十世紀人

へたれた　こころに
調べ　ひっかかり
へなへなと　たおれかける
調べ　それでも　はなれずに
ついには　しんまで　しみいる
あなたのごとき　jazzを　きく時

ん、
ことばに　ならない同意
共感　あい　抱擁
この　ひと文字に
万感を　こめる

　　　　　きみの
　　　　　とんずらの　スピードときたら
　　　　　だあれも　かないやしない
　　　　　イナズマよりも　はやく
　　　　　疾風のごと　にげさる
　　　　　きみが　もどるのは
　　　　　おだやかな風がふくころ
　　　　　そろそろ　だな

　　　　　　　　きりとられた　しゃしん
　　　　　　　　きりとられた　ことば
　　　　　　　　きりとられた　せかい
　　　　　　　　きりとられた　こころ
　　　　　　　　つくられゆく真実のなかを
　　　　　　　　きょうも　生きる

きみが　きみであるために
風がつくった　その道を
あるいてゆく　というのなら
ぼくは　とめない　つもりだ
両の手いっぱいの未練は
この大地に　うめる　つもりだ

　　　　　　潮みつるときを　まちて
　　　　　　白き砂を　ふむ
　　　　　　足　うずもれて
　　　　　　赤き爪　かくるる

　　　　　　　　　永遠って　どこにあるの
　　　　　　　　　と　きく　きみ
　　　　　　　　　そこ
　　　　　　　　　と　こたえる　ぼく
　　　　　　　　　きみの　ひとみのなかの　永遠が
　　　　　　　　　たまらなく　かなしくて
　　　　　　　　　青い無限を　みあげる

フローリングに　のこる
きみの　ぬくもり　みつけて
われの　足うら　かさねる
ひとつ　ふたつ　みっつ
きみに　たどりつく

　　　　　　草むらの精霊が
　　　　　　そっと近づいてくる
　　　　　　いつものごと
　　　　　　ペチャっと　くっついて
　　　　　　にゅうどう雲を　ながむ
　　　　　　ふたりぼっちの　昼さがり

　　　　　　　　　　風の丘にすわっていたら
　　　　　　　　　　風小僧がやってきて
　　　　　　　　　　ブンブンビービーさわぎまくる
　　　　　　　　　　おいたてなくても　いいじゃないか
　　　　　　　　　　しばらく　ここで　夏の光をあびたら
　　　　　　　　　　また　あるきはじめるから

ひたひた　ひたひた
狂気が　おいかけてくる
宇宙の青を　味方につけて
正気へと　ひたすら　はしる
サルスベリの紅白も　助っ人にして
ぎりぎり　正気に　すべりこむ

　　　　　ことば　のみこむたびに
　　　　　妄想　ひろがり
　　　　　あかい血　ながれる
　　　　　あか　ひとすじに
　　　　　狂気　ひとしずく
　　　　　きみの声　たよりに
　　　　　かえりたい

　　　　　　　　　　ぼくの声が　きこえるかい
　　　　　　　　　　かすかにでも　きこえるのなら
　　　　　　　　　　きみは　だいじょうぶ
　　　　　　　　　　ぜったいに　だいじょうぶだ
　　　　　　　　　　ゆっくりでいいから
　　　　　　　　　　ぼくのところに　かえっておいで

わたしが
あきらめたものを　もっている人が
うらやましくて　うらやましくて
こころ　どろどろに　なりゆくとき
いつも　ふいてくる　あの　ひと風
あなたからの　ひと風に
きょうも　すくわれん

　　　　　　さようなら　わたしの八月
　　　　　　さようなら　八月の　光
　　　　　　おなごりおしや　なごりおし
　　　　　　きせつの　ひびき　その残像

　　　　　　　　　　無機質なへやをでて
　　　　　　　　　　いのちの　におい　かんじ
　　　　　　　　　　いのちの　いぶき　かんじ
　　　　　　　　　　いきるために　はしる
　　　　　　　　　　すじ雲　みながら　はしる

かたくつないだ　両の手を
ひと手　ひと手　しずかにはなし
きみは　背すじをのばしてさ
仙人のふりして　あるきさる
けれど、わたしは　見たんだよ
あの角をまがった　そのとたん
うずくまる　影
きみの　ちいさな　その影を

　　　　　　硬質なるものに　かこまれて
　　　　　　たましい　鋭利にとがってく
　　　　　　いつしか　世界に紅ひろがり
　　　　　　だあれの声も　とどかない
　　　　　　それでも　季節は　われ　つつみ
　　　　　　しずかに　しずかに　まっている
　　　　　　季節の中に　いることを
　　　　　　いつか　気づくの　まっている

　　　　　　　　　　あの愛は
　　　　　　　　　　あの場所においてきたから
　　　　　　　　　　決して　色あせることはない
　　　　　　　　　　なんど　太陽がのぼろうとも
　　　　　　　　　　大風が　すべてを　ふきとばそうとも
　　　　　　　　　　色あせることなく
　　　　　　　　　　むしろ、記憶のなかで
　　　　　　　　　　いっそう　かがやきを　ましてゆく

みえない星を　みあげて　問う
きみは　そこに　いるのかい
はるか　かなたの　宇宙から
返事がとどく　そのころには
われは　とっくに
地球の　いちぶ

　　　　　　あなたまでの　キョリ
　　　　　途方もなく　とおく
　　　　　なかなか　たどりつけない
　　　　　こころの中では
　　　　　たった一歩のキョリなのに
　　　　　たどりつけそうにない
　　　　　望月の夜、100万の流れ星に
　　　　　ねがいをこめる

　　　　　　　ゆっくりと
　　　　　　おうちに帰る　道すがら
　　　　　　わたしはね、
　　　　　　ちいさく　ちいさく　なりました
　　　　　　自分サイズに　なりました
　　　　　　しばらくは、
　　　　　　このまま　このまま　このままです

風　やむ日　まちわびて
お空を　ずっと　みつめてる
けれど、いまだ　風　やまず
とうとう　お空に　穴　あいた

うらみ　つらみに
しがみつかれた　熱帯夜
こころに　赤潮ひろがりて
さかなのごと　口あける
息をすうため　浮上して
月光みながら　呼吸する
かすかにきこえる　鈴虫の音
きよらで　すんだ　そのなき声
赤潮　しだいに　きえゆきて
心海のなみ　しずまりぬ

きみ　まとう　空気は
神無月のにおい
やわらかく　芳醇
土のにおいも　まじりて
ちち　はは　思いださる

ひとつの時代が　おわったのなら
そっと　時代を　手ばなそう
つぎくる人に　わたして
そっと　去るのが　いい
それが　いちばん　いい

　　　　　　　　未来を照らす　やくそくを
　　　　　　　　わすれては　いないよ
　　　　　　　　だけど、きみは　あまりに　はやすぎて
　　　　　　　　おいつけやしないんだ
　　　　　　　　だから、きみが　照らしてくれないか

　　　　　　　　　　　　　　　もう　とっくに
　　　　　　　　　　　　　　　その執着は　すてたはずなのに
　　　　　　　　　　　　　　　いわし雲うかぶ　きせつがくると
　　　　　　　　　　　　　　　こみあげてくるんだ
　　　　　　　　　　　　　　　たましいだけになっても　帰りたい

あきの晴れまに　みらいを　おもい
あき雨ふる夜は　すぎし日　おもう
完全なる　未来人にも　なれず
現在にも　過去にも　すめず
黄金色の　稲穂ゆれるを　みながら
ただ　宙を　さまよう
いったい　どこに　いけばいいのだろ

　　　　　　　　なんども　なんども
　　　　　　　　むすびなおした　縁は
　　　　　　　　くたびれて　よれよれ
　　　　　　　　ちぎれそうで　ちぎれない、
　　　　　　　　古強者の　縁を
　　　　　　　　ひとつだけ
　　　　　　　　ここに　もっているんだ

　　　　　　　　　　　　　でっかいなあ　この空も　海も
　　　　　　　　　　　　　と　かんどうしていると
　　　　　　　　　　　　　マイ　ハートも　でっかいでしょ
　　　　　　　　　　　　　と　きみは　よこで　のたまう
　　　　　　　　　　　　　きみの　ボディーがね
　　　　　　　　　　　　　と　無言で　かえして　ラン　ラン　ラン
　　　　　　　　　　　　　きみの　わらいごえに　おいつかれそう
　　　　　　　　　　　　　やっぱり　きみは　でっかいよ

こころが まひして
もう なんにも
考えられなくなりました
どこに いきたいのかも
わからないのですが
ちょっと でかけてきます
8かい 月がみちたら
きっと かえってきますから

あごを つんと あげ
大地を ふみしめ たつ きみに
宇宙と 対峙しているが ごと
りんと たつ きみに
かける ことば みつからない

にもつを つめこんで
コロコロと かえってきた きみは
ふしぎな 風のにおいが するんだ
いったい どこまで いってきたんだい
ぜったいに おしえては くれないよね

砂塵のまちに　おりたちて
ちいさな足あと　つけてみる
月をあるいた　人類(ひと)のごと
足あと　そっと　のこしてみる
やがて　山々から　風ふきて
足あと　きれいに　消えてゆく
風の音色に　いのち　まう

　　　　　　峰々から　白き風　ふき
　　　　　　いのち　よみがえる
　　　　　　いのちの讃歌
　　　　　　かすかに　きこえ
　　　　　　なみだ　あふれん

　　　　　　　　　　ゆきの頂きより
　　　　　　　　　　神やどる風　ふく
　　　　　　　　　　この風　さがして
　　　　　　　　　　はるばる　きたんだ
　　　　　　　　　　きみは　きみは
　　　　　　　　　　そこに　いるんだね

あめ　あめ　あめ　あめがふり
サル　サル　サル　サルがはしる
トリ　トリ　トリ　トリがなき
浜辺に　なみは　うちよせる
ヒト　ヒト　ヒト　ヒト　わらい
かなしみ　いつしか　海へかえる

　　　　　さびたナイフを
　　　　　ふりまわすのは　やめて
　　　　　きみを　きみを
　　　　　恋うる歌を　うたおう

　　　　　　　　　ゆびさき　はなれゆきて
　　　　　　　　　ふたたび
　　　　　　　　　あいまみえることなきを　しる
　　　　　　　　　霜月のわかれ
　　　　　　　　　黄の　かなしみ　したたり
　　　　　　　　　紅　おつる

きえゆく　おと
きえゆく　いろ
せかいは　静寂に　しずみ
きみだけが　4月の空

すみわたる青き空を
とんでゆく飛こう機
夏をむかえる国へむかう
その赤き翼に手をのばす
つれていっては　くれないか

らい年　街が黄にそまるころ
また、
たんなる　ごあいさつなのに
千秋のおもいで　まつだろう
日々

シベリアから　ハクチョウ　きたる
タカ　スマトラへ　わたり
ザトウクジラ　赤道へと　むかう
なのに、
空色のクレパスで　こころ　ぬっても
かなしみだけが　きえないんだ

あきの青に　手をのばし
かれ葉けって　とびあがる
できやしないと　いわれるけれど
できなきゃ　来世に　もち越しさ

今、いのちを　あじわっていますから
もうすこし　まってください
もうしばらく　かかりそうですから
コーヒーをのみながら
まっていてください

ニー・マル・ニー・サンの　葉っぱよ
風のワルツを　おどりおえるまで
もうしばらく　つきあっては　くれないか
たがいが　こなごなに　なっても
いっしょに　おどろうじゃないか

　　　　　うわぎ　かさねて
　　　　　だんぼう　強に　してみても
　　　　　なんで　こんなに　さむいんだろ
　　　　　わかっている　わかっているのに
　　　　　決して　みとめやしない　わが心

　　　　　　　　　黄いろ　ふる　ベンチで
　　　　　　　　　風のささやき　きく
　　　　　　　　　黄の　誘わく　と
　　　　　　　　　風の　誘わく
　　　　　　　　　ぐずぐずしている　と
　　　　　　　　　きみの　こえ
　　　　　　　　　きみの　誘わくに
　　　　　　　　　まさるものは　なし

うしろを　ふりかえったら
だあれも　いない
うさぎも　きつねも　とんびも　いない
みんな　どこにいってしまったんだろ
ちいさな　影ぼうし　つれて
ふゆ空のしたを　ゆく
風のかたみ　のこして

　　　　　黄ばんだ記憶は
　　　　　カサコソ　音　たてながら
　　　　　くだけ散ってしまった
　　　　　きみの記憶だけ　かばんにつめて
　　　　　狂気と正気のはざまを　ゆく

　　　　　　　その光景に　たじろいで
　　　　　　　賽の河原で　石をつむ
　　　　　　　もはや　神の啓示も
　　　　　　　きこえない

いただいた　たった　ひとつの　ことば
だいじに　だいじに　していた　けれど
とうとう　すりきれ　ボロボロだ
それでも　さよなら　できなくて
そのまま　もって　いたらば　さ
しみこみ　はじめた　あら　ふしぎ
心の臓まで　いっちゃって
ドクドク　ぜんしん　まわってる

しんしん　ふる　ゆき
すべてを　おおい
われの　邪悪も　かくされて
きみの　せかいは　白い平原
はるに　かお　だすのは
無邪気か　邪悪か
だあれも　しらない

黄金色の　満月　のぼる
月あかりを　たよりに
北に　むかう
もうすこし　もうすこしで
たどりつきますから
まっていてください

不器用な　ぼくは
不器用に　たたかっている
祈りは　やがて
呼吸と　なりて
いのち　おわる　日まで
つづくんだろ

　　　　　　満天の星　ながむれば
　　　　　　そこはかとなき孤独　おしよせて
　　　　　　身うごきすら　かなわず
　　　　　　そのまま　夜明けを　まつ

　　　　　　十二月の　さいごの日に
　　　　　　赤いワインを　のむつもりだ
　　　　　　かけてしまった　ボヘミアングラスで
　　　　　　のむつもりだ
　　　　　　今生と　わかれるため　じゃない
　　　　　　あしたも　生きるため　のむんだ

きみが　かたる　孤独って
80億の孤独の　ひとつ
なんだから
そんなに　気にすること
ないんじゃない

　　　　　　とうめいなる　ふゆの　あさ
　　　　　　ひびく　くつ音　とおざかり
　　　　　　きこえてくるのは
　　　　　　たえてひさしや　すずめの　こえ
　　　　　　網膜に　のこりたるは
　　　　　　きみの　ひとみの　満天の　ほし

　　　　　　　　　　はるかなる　うちゅう
　　　　　　　　　　と　いう　ことばに　ひかれて
　　　　　　　　　　こころ　アンドロメダに　むかう
　　　　　　　　　　はるかなるかな　かの地には
　　　　　　　　　　風は　ふいているのか
　　　　　　　　　　息をすることは　できるのか

アイ ロスト マイ ハート
風の なかから
つぶやき きこえる
陽は また のぼる
風の なかに
ことば ふきいれる

　　　　　たき火の オレンジに そまる きみ
　　　　　きみの ひとみの オレンジは
　　　　　その いろ なのか
　　　　　いいや、わかっている
　　　　　深みます オレンジの炎は
　　　　　きみの 情熱
　　　　　きみは いったい
　　　　　どこに いこうとしているのか
　　　　　寒さます きせつの なかを

　　　　　　　　　月には うさぎは いなかった
　　　　　　　　　ちょっぴり がっかりしたけれど
　　　　　　　　　ここから みえるは
　　　　　　　　　えも いわれぬ 地球(ほし)
　　　　　　　　　ことば うしない
　　　　　　　　　気を うしない
　　　　　　　　　気がつきゃ 月の 住まい人
　　　　　　　　　月には地球人(ひと)
　　　　　　　　　ひとり いる

たもとを　わかつ　とき
その　ときが　きた
さみしさの　ゆくえ
われ　しらず
うぐいすの　こえにぞ
すがりつく

　　　　　　　あなたが
　　　　　　　わたしの　こころに
　　　　　　　やってきた　日の　ことを
　　　　　　　いまも　鮮明に　おぼえている
　　　　　　　きさらぎの　雪ふる　いちじつ
　　　　　　　もう　何十年も
　　　　　　　まえの　こと

　　　　　　　　　　　　数百万年後に　また　会おう
　　　　　　　　　　　　と　やくそくして
　　　　　　　　　　　　われらは　わかれた
　　　　　　　　　　　　数百万年　ひとりで　生きる
　　　　　　　　　　　　なんて　あまりに　ながすぎる

きっと　とべるよ　とぶがいい
風を　しんじて　とぶがいい
空は　そこだ　そこにある

　　　　　ゆめを　みた
　　　　　おおくの　ひとと
　　　　　ひとつを　めざしてた
　　　　　ゆめを　みた
　　　　　おおくの　ひとと
　　　　　わらいあってた
　　　　　われは　いま　月で
　　　　　あおき　ちきゅうの
　　　　　80億を　みつめてる

　　　　　　　さいはての　えきに　おりたちて
　　　　　　　さいはての　さいはてを　めざし
　　　　　　　あるきつづける
　　　　　　　そこで　なにかが　誕生している
　　　　　　　そんな　気がして　ならないんだ

オレンジの　きらめきに
ひきこまれまい　と
ていこうすれど
いちミリ　また　いちミリ　と
ひきこまれゆく
やがて　ファイヤーオパールに
うまれかわり
いとし　きみの　胸元　かざる
オレンジに　なるんだろ

　　　　　　　息　こおる　あさ
　　　　　　　きみ　さりぬ
　　　　　　　ひきとめの　ことば
　　　　　　　こおりつき
　　　　　　　きみには　とどかず
　　　　　　　こおった　なみだ
　　　　　　　ふたつぶ　おつる

　　　　　　　　　　　　ここちよい　すわりごこちの
　　　　　　　　　　　　ここちよい　イスを
　　　　　　　　　　　　ひとつ　もっている
　　　　　　　　　　　　精霊たちと　はなしている　よな
　　　　　　　　　　　　そんな　気がする　イスを
　　　　　　　　　　　　ひとつ　だけ　もっている

ちゃあんと
つたえれば よかったのに
つたえなかった
そんなに
むずかしいことじゃ なかったのに
つたえなかった
そのまま きせつは くりかえし
いま なの花 さく みちを
きみ すむ まちへと
あるいてる

        この道の かなたには
        きっと きみが いる
        かすかなる きみの けはい
        かすかなる きみの におい
        この道の むこうに
        きみが、
        きみが いてほしい

                きみ すむ まちは
                かわらず しずか
                きみ すむ いえも
                かわらず オレンジ
                ただ、
                きみは すこしだけ
                ちいさくなっていた

そんなに　まっすぐ　みつめてくるな　よ
ドギマギ　あわてて　目をそらす
わるいこと　なんぞ　してないのに　さ
あわてて　とんずら　すたこら　さっ　さ

　　　　　　まだ　来ぬ　きみを　おもい
　　　　　　青を　みあげる
　　　　　　とおくに　潮騒　ききながら
　　　　　　きみを　まっている
　　　　　　まだ　見ぬ　きみは
　　　　　　いま　どこを　あるいているんだろ

　　　　　　かえるところが　ない
　　　　　　と　おもっていた　けれど
　　　　　　あなたと　たてた　この家に
　　　　　　かえってくることが
　　　　　　できるじゃないか
　　　　　　しあわせ者　と　よばれて　ひさし
　　　　　　あなたが　いれば
　　　　　　もっと　しあわせ　なのに

やよい　三月　へのへのもへじ
三寒四温で　きせつは　めぐり
いのちの　息吹感ずる　候
まちこがれた　足音
とおくより　きこゆ

　　　　　足もと　ぐらぐら　ゆれている
　　　　　きこえてきたんだ　あの　うたが
　　　　　大地の中から　わきあがり
　　　　　どすん　どすんと
　　　　　たましい　ゆらす
　　　　　しかたなく　すべもなく
　　　　　わらべの　ごと
　　　　　われ　うずくまる

　　　　　　　　　せかいが　どんなに　かわろうとも
　　　　　　　　　やくそく　どおり　生きて　ゆこう
　　　　　　　　　この　やくそく　だけは
　　　　　　　　　まもる　つもりだ
　　　　　　　　　たった　ひとつの
　　　　　　　　　あなたとの　やくそく

銀河を　こえて　ゆかねばならぬ
あまりに　とおい　家路だけれど
それでも　わたしは　ゆかねばならぬ
きみ　まつ　ほしに　帰らねばならぬ

大したことでは　ないんだけれど
こころ　うずまき　とぐろ　まく
えらいこっちゃ　と　カラスは　さわぎ
とおくで　イヌも　ほえている
風待ちブルース　うたうこと　ひさし

きたる　はるを　こえて
また　いちねん
いきのびたい
と　おもう

あなたの　師しょうは　だあれ
わかっているのに　きみは　きく
だから、こたえなかったんだ
きみが　唯一の　師しょう
と　いいたかったけど
きこえないふり　してたんだ
ちゃあんと　口にだして　いえばよかった
いまからでも　おそくないよ　ね
お空　みあげて　ゆってみよ

　　　　　　表ぶたい　から
　　　　　　きみ　さりて
　　　　　　いくども　かさねた
　　　　　　この　きせつ
　　　　　　偶然なのか　必然なのか
　　　　　　天に　とうた
　　　　　　ながい　としつき
　　　　　　ことしの　さくら　さきはじめ
　　　　　　われ　さとる
　　　　　　必然の　いみ

　　　　　　　きみまでの　キョリ
　　　　　　　あまりに　とおく
　　　　　　　ワープしても
　　　　　　　たどりつけない
　　　　　　　一万年　またせたけれど
　　　　　　　あと　すこし　まっていてくれ

春嵐
うちよせる波　たかく
おぼれそうに　なりにけり
刹那
つかんだ　ひとの　手に
たましい
陸に　ひきあげられる

　　　　　　　ちきゅうが　まわっているから
　　　　　　　おさけは　のめないんだ
　　　　　　　と　われは　ゆう
　　　　　　　おかねが　なくなったら
　　　　　　　のまないんだ
　　　　　　　と　きみは　ゆう
　　　　　　　びみょうに　かみあわないのが
　　　　　　　われら　ワンペア

　　　　　　　　　　　　はるの宵
　　　　　　　　　　　　サックスの音色　しみいりて
　　　　　　　　　　　　ふるさとの　におい　おもいださる
　　　　　　　　　　　　あの　におい
　　　　　　　　　　　　いまも　そこに　あるや

熱狂にまきこまれし　日々
とおく　すぎさりて
野花追う日々に　住まう
雲　ゆうゆうと　ながれ
風　かぐわしき　かな

　　　　　手の　ぬくもりも
　　　　　わすれた　ころ
　　　　　きみは　かえってきた
　　　　　かつての　きみとは
　　　　　まったく　ちがう
　　　　　それでも　いい
　　　　　わたしが　きみの
　　　　　ふるさとで　あれば
　　　　　それで　いい

　　　　　　　　　根拠のない自信に
　　　　　　　　　かつてのように鼓舞されて
　　　　　　　　　はしっている
　　　　　　　　　ひたすらに　がむしゃらに
　　　　　　　　　どこに　たどりつこうとしているのか
　　　　　　　　　わからないまま　はしっている
　　　　　　　　　そこは　なみだが
　　　　　　　　　雲になるところ　なのだろうか

こんなに近くに　あるのに
とどかない　もの
どんなに　欲しても
とどかない　もの
あきらめきれなくて
春の闇を　彷徨いつづける

この　おんがくと
あの　こえ　きくと
こころ　やすらぐ
その　やすらぎを
ひとつ　ひとつ
かみしめながら
ここにある　しあわせ
だきしめん

そこは　ちいさな村だが
光に　みちあふれている
どうして　帰らずに　いられようか
チューリップが
ほそい　くび　のばすころ
むしょうに　帰りたくなるんだ

この　ほしの
かみ　やどる地を　たずねくる
数億年の　しずく　一滴
かみの神殿　つくりあげ
みな、光を　うしなう
水風ふく　この地に
きみの　わらいごえ　きこえ
きみの　心に
まだ　光は　のこされているを
しる

　　　　　　　　海は　おだやか
　　　　　　　　風　かるく
　　　　　　　　口角　あがりて
　　　　　　　　笑み　こぼれん
　　　　　　　　やっぱり　生きること
　　　　　　　　やめられぬ

　　　　　　　　　　風紋のごと　ことばは
　　　　　　　　　　風のひとふきで　とんでゆく
　　　　　　　　　　かたみも　のこさず
　　　　　　　　　　せかいは　ふたたび
　　　　　　　　　　無に　かえる

八百万の神々が　おわしまする
瑞穂のくにて
八百万のくに人が
おだやかに　くらしている
そんな　ゆめを　みた
かなえたい　ゆめを　みた

　　　　　　ひこうきは　どうして　お空にいくの
　　　　　それはね、大地に　かえってくるためだよ
　　　　　おふねは　どうして　海にでるの
　　　　　それはね、陸に　かえってくるためだよ
　　　　　じゃあ、
　　　　　ロケットは　どうして　宇宙にいくの
　　　　　それはね、いつか
　　　　　この星に　かえってくるためだよ
　　　　　ぼくも　いつか
　　　　　きみのところに　かえろう
　　　　　と　おもっているんだ

　　　　　　　　　いたいんだ
　　　　　　　　　むねが　いたい
　　　　　　　　　しんぞうは　すこぶる　げんき
　　　　　　　　　なのに、
　　　　　　　　　むねの　ここが　いたむんだ
　　　　　　　　　風　ふけば　いたみまし
　　　　　　　　　両の手で
　　　　　　　　　そっと　こころ　かかえこむ

こんな 光あふれる 日には
よくばりに なってしまう
いそいで まどを しめて
五月を へやに とじこめる

シフォンの うわぎ きるように
あなたを ふんわり まとってみる
ゆく春の いちじつ
ほんのりと 暖
　　　　　だん

清らかなる みず
清らかなる くうき
にごっているのは
あれ だけか
あれも いつかは
清らに なるんだろか
カラスに きけども
こたえは カー

これで　いいのか
これで　いいのだ
それで　いいのか
それで　いいのさ
こころ　かろやかに
雨粒かいだん　のぼって
とうとう　天上人

つたえわすれたことが　あります
いちばん　たいせつなこと
わすれていました
あなたが　わたしの
たましいの　かたわれのような
気が　するのです

なつかしき　人びと　みな　去りて
われ　ひとり　ここに　いる
たとえ　つぎの　宙船(そらぶね)　きても
ここに　いるんだろ

とぶのが　こわくて
とばないんじゃ　ないんだ
とぼうとしても
とべないんだ
ぼく、いったい
どうしちゃったんだろ

　　　　　あなたと　わたしの　縁
　　　　　すでに　つきてること
　　　　　わかってる
　　　　　それでも、余韻のなかで
　　　　　未来を　ゆめみる
　　　　　累乗倍にます　せつなさ
　　　　　いたい

　　　　　　　　　とこしえを
　　　　　　　　　ゆめみる　きみに
　　　　　　　　　そおっと　すりよる
　　　　　　　　　完全なる　スルー
　　　　　　　　　だけど、
　　　　　　　　　とこしえに
　　　　　　　　　すりよる　つもりだ

なんて　いたいんだ　この雨は
自由という名の　この雨は
いたすぎるんだよ
なんとか　うたれまいと
必死に　かさを　にぎりしめる

　　　　　　いち日　いきのびたら
　　　　　　勝者になれる
　　　　　　と　きみに　いわれた日
　　　　　　真っ赤な　焼け空を　みた

　　　　　　　　　　たとえ　六月の雨に
　　　　　　　　　　体温　うばわれても
　　　　　　　　　　われは　とぶ
　　　　　　　　　　雨つぶ　ふりはらい
　　　　　　　　　　われは　とぶ
　　　　　　　　　　きみも　とべ

ずうっと未来の　いつか
果てが　みえるころ
今生に　生をうけて　よかった
と　きみが　おもえたならば
それが　最高の　親孝行

　　　　　切に生きることを
　　　　　わすれかけた夕刻
　　　　　ひぐらし　なく

　　　　　そのこえ
　　　　　五臓六腑にしみわたり
　　　　　なみだ　にじみでる

　　　　　　　　　ふきだす汗と８月の空

　　　　　　　　　ひろがる田んぼの稲青く

　　　　　　　　　アメンボしずかに水わたる

ながれ落つる　あせに
生くるを　実感す
今、いきている
いきている
いきたい
いきたい

　　　　　　　　秋風に揺らぐススキの穂にも怖じるきみは
　　　　　　　　落武者の瞳をもつ

　　　　　　　再生の時を　待つ

最後のひと鳴きを終えたアブラゼミが　地表へ落ちる
５つの目は　再び天を見ることなく
６本の足は　静かに動きをとめる

季節はとまることなく　秋を通り過ぎていく

陽の光がまぶしくて
目をおとしたら
1本の黒い線があった

アリの行列がすすんでいく
みじんの迷いもなく
かれらは蝶の遺骸をはこんでいく

しかし、わたしは
未だ進むべき道さえみつけられない

　　　　　　ミントの香につつまれて
　　　　　　来し方をおもう

　　　　　　12月の空が
　　　　　　過ぎゆきし日々に
　　　　　　ひきもどすのか

　　　　　　かさねてきた12月に
　　　　　　いま、ひとりたたずむ

　　　　　　樹には、
　　　　　　なごりの色がのこっている

わすれようとしても
わすれられない
わすれてしまいたいこと
除夜の鐘が　きこえてきても
決して　きえないことを
わたしは　しっている

　　　　　　　　　　この　はこの
　　　　　　　　　　カイロ　つかいきるころには
　　　　　　　　　　もう　この　ふゆは
　　　　　　　　　　ふゆは　おわっているのだろうか
　　　　　　　　　　さむさ　ささり
　　　　　　　　　　つらら　のびる　なか
　　　　　　　　　　みなみの　国に
　　　　　　　　　　たより　おくる

いろはにほへと
ちりぬるを

木の葉が一枚　ちりました
花びら一片　ちりました

心がひとつ　ちりました
いのちがひとつ　ちりました

潮花ちってるその中を
風花ふわりと舞ってます

　　　　　　　　雪が落ち
　　　　　　　　野は静まりかえり
　　　　　　　　天下は冬を知る

　　　　　　　　生きとし生けるものが
　　　　　　　　命を謳歌する
　　　　　　　　つぎの春をおもい
　　　　　　　　豆を挽く

３年前より綴りはじめ

発信してきた『風の丘通信』が、

時空をこえて

あなたに届いていたら

わたしは、とてもしあわせです。

あなたに

いい風が吹きますように。

澤田ありす
2025年2月

著者プロフィール
澤田 ありす（さわだ ありす）

神戸で生まれ、大阪と奈良で育つ。長らく神奈川で暮らしているが、今も関西弁を話している。
公立小学校を定年退職後、日本語を教えることに情熱を注ぎ、楽しんでいる。

風の丘通信

2025年2月15日　初版第1刷発行

著　者　　澤田 ありす
発行者　　瓜谷 綱延
発行所　　株式会社文芸社
　　　　　〒160-0022　東京都新宿区新宿1-10-1
　　　　　　　　　電話　03-5369-3060（編集）
　　　　　　　　　　　　03-5369-2299（販売）

印刷所　　TOPPANクロレ株式会社

©SAWADA Alice 2025 Printed in Japan
乱丁本・落丁本はお手数ですが小社販売部宛にお送りください。
送料小社負担にてお取り替えいたします。
本書の一部、あるいは全部を無断で複写・複製・転載・放映、データ配信することは、法律で認められた場合を除き、著作権の侵害となります。
ISBN978-4-286-26226-0